KB120688

물고기 신발

시작시인선 0309 물고기 신발

1판 1쇄 펴낸날 2019년 11월 8일
1판 2쇄 펴낸날 2020년 3월 5일
지은이 김미정
펴낸이 이재무
책임편집 박은정
편집디자인 민성돈, 장덕진
펴낸곳 (주)천년의시작
등록번호 제301-2012-033호
등록일자 2006년 1월 10일
주소 (03132) 서울시 종로구 삼일대로32길 36 운현신화타워 502호
전화 02-723-8668
팩스 02-723-8630
홈페이지 www.poempoem.com
이메일 poemsijak@hanmail.net

ⓒ김미정, 2019, printed in Seoul, Korea

ISBN 978-89-6021-456-9 04810
        978-89-6021-069-1 04810(세트)

값 10,000원

*이 도서는 한국출판문화산업진흥원의 '2019년 우수출판콘텐츠 제작 지원' 사업 선정작입니다.

물고기 신발

김미정

천년의 시작

시인의 말

지워진 문장들이
타오른다

리듬에 기대어

불가능한 음표는 멈추지 않고

차 례

시인의 말

제1부 allegro 착시

제2부 moderato 질문

제3부 staccato 안개

제4부 adagio 신발

해 설

제1부 allegro 착시

일인용 상자

이렇게 시작하는 상자도 있을까

던져졌다 발길로 차였다 움직이는 것들이 멈춰서 얼음
이 되거나 녹아버릴 때가 있어 너무 고요해서 세상 소리들
이 투명해질 때

숨을 뱉는 것을 잊어버린
숨을 쉬거나 다시 펴도 흉터만 남은

빈 상자들이 쌓여 간다
차인 데 또 차여 폭발하듯 풍경 속으로 사라지는

나는 가끔 상자였다

시끄럽고 캄캄한 이름을 불러봐 누군가의 눈빛이 바닥이
되는 순간 손을 맞잡은 모서리가 아프다 예고 없는 불안을
껴안고 나뒹구는 표정들

언제나 어둠은 단호했다

혀
―젖은 것들은 욕망과 내밀하고

밖으로 넘쳐 물컹거리는 문장이다

먼 길 돌아온 너의 끝이 둥글다

처음 보는 해안선이다

축축한 것을 찾아 떠나는 날들

너와 나, 수평선이 어긋나

투명한 감정을 파도 위에 올려놓고

둥글고 붉은 길이 미끄러진다

당신이 녹아 사라지고

나는 이제 겨우 모래 해변에 도착한다

부드럽게 닿는 자리마다

처음 맛보는 바다가 깊어지고

몸 안으로 뜨거운 별들이 몰려온다

수면을 열고 흰 새가 날아가고 있다

안개 식탁으로 오세요

잘 구워진 안개가 접시 위에 놓여 있다

창으로 지워진 얼굴들이 지나간다

여기, 혀를 깨문 둥근 식탁이 있어요
누구나 아무 데나 앉을 수 있지요

그래서 "내가 필요해?"

음식이 가득한 식탁에 앉는 일
허기를 인정하는 것이지요

외롭다고 누구나 급하게 먹는 건 아니에요

앉지도 서지도 못하는 액체의 몸짓으로
아무렇게나 움켜잡는 식탐 한 스푼

그래요, 모든 맛은 당신이 가져왔으니까요

맛없는 질문은 멈추지 않는다 깨진 접시는 뜨거운 걸 그

대로 삼킨 걸까 아무 말도 못 하고 흘러내리는 냅킨들, 오
늘의 메뉴를 물고 달아나는 고양이를 바라본다

   맛있는 것들 그 곁에 위대하게

   입안 가득 안개를 구겨 넣고
   밖으로 터져 나올 것 같은 비밀의 맛

   그래서 "네가 필요해"

물고기 신발

눈물 나는 그런 포즈는 아니에요
젖은 신발이 되었고 그날
나는 문을 향해 엎드려있었죠

발에 꼭 맞는 발걸음이 앉았다 날아가요
나를 물가로 데리고 가요, 당신

신발이, 앞으로 나아간다, 휘어지는 고요, 호수의 옆구
리가 오므려졌다, 펴진다, 버려진 입구와 출구 사이, 투명
한 지느러미가 돋아난다

어느 날 나는 내가 되어버려요 갑자기
신발이 사라진 그 길들이 젖지 않은 채 젖어가요

죽은 척 가만히 떠올라요

누군가 낚시를 하다 신발을 건질 거예요

발목 없는 붉은 하늘이 몰려오고 있어요

다트 게임

찍히고 또 찍히는
이것은 발자국 닮은 게임

찢겨진 눈물이 소실점이 되는

던져진다 더 이상 몽환적이지 않은 나선계단 속으로 꽂
힌다 뾰족한 언어를 쏟아내는 밤의 표정을 본 적 있는가 소
용돌이치는 시간이 나를 향해 달려온다 무수한 그림자의 방
향으로 닳아 없어지는 손과 발들, 의미를 잃은 의미를 낳는
다 이미 당신 손을 떠나

꽂히는, 던지는, 너덜거리는
게임의 시작이다

계단을 펼쳐봐

이것은 지그재그 지퍼야

계단이 빵이라면 빵처럼 맛있다면 계단에 앉아 잠들 거
야 그럼 꿈은 푹신해질까 계단으로 가는 길은 그렇고 그랬
지 네가 그린 악보를 알아볼 수 없어

낯선 건반 위로 달구어진 음표가 튀어 올라
방전된 심장이 숨어있는

아니 연속 팔방 무늬야

넌 어디까지 갈 수 있냐고 물었지
온몸으로 버티던 바닥도 뭉텅이로 올라오지

저기 봐
물컹거리는 계단을 밟고 올라오고 있어
되돌이표로 돌아오는

계단이 얼마나 쌓여야 너에게로 갈 수 있을까

박자들은 참 비밀도 많아 언젠가 우리가 그린 쉼표는 모두 사라지겠지 너와 나 사이 먼 거리를 돌고 도는 멜로디처럼

형용사가 가득한 의자

벽을 타고 있었다

그날 음악은 없었고 의자 밖으로 나간 당신은 돌아오지
않는데
의자가 의자를 들고 벽 속으로 걸어가는데

의자는 구부러진 벽이다
고요히, 불타오르는, 점점 진해지다 희미해지는

당신이라 부르면 안 되나요 동시에 둘이, 우리 둘이 앉으
면 꿈 밖으로 나갈 수도 있는데

앉았다 날아간 수많은 온기가 딱딱해져요
시계 초침이 벽을 걸고 나와 함께 사라진다 시간의 뒷덜
미를 의자에 묶고

그날처럼 모든 건 눈앞에서 사라져요 '기다려' 다리를 모
으고 의자가 젖고 또 젖어가는

벽은 어떤 소리를 삼키고 잠자는 걸까요

문장들이 주어를 지우며 타들어 가는 의자에 앉는다

다시 벽이, 벽들이 다가온다 꿈을 뚫고

모든 것을 삼킨 의자가 잠든 나를 바라봐요 늘어진 팔다
리를 만져요
무릎의 깊은 무늬가 잠깐 환해졌다

나는 가장 가까운 의자에 아직 도착하지 못했다

당신의 두 다리를 껴안고
사라진 의자에 앉아

벽과 함께
나는 다시 사라진다

검은 별의 밤

타인만이 우리를 구원한다[*]
내 눈빛은 그동안 너무 많은 질문으로 탕진되었다

아름다운 그늘은 하늘에만 무성하고
질문과 대답이 같은 날들이 국 속에 끓고 있다
북두칠성이 퍼 올린 건 사방을 가리키는 불가사리뿐
국자에 덴 손가락은 왜 열 개의 화살표를 내미나

타인의 옷에 숨겨진 나신만 자꾸 생각나는 밤
구원을 기다리기에는 어둠이 너무 눈부시다

이미 죽은, 사라지고 없는 별들과
그들을 닮아가는 몸짓과
그것을 바라보는 타인과
절뚝거리며 발걸음을 맞추며 간다

별들이 무대에 모여 모의를 한다
국자 속에 들어가기 위해 줄을 잘 서야 한다거나
눈먼 별이 더 빛난다는 소문들
별을 따라가기에는

난 너무 타인의 눈동자를 바라보지 않았다
쓸쓸하지만 어쩌면 같은 마음이 되려는
우주만 한 고요를 배후로

때론 처참해질 것이다
별이었을까
별이라 불리는 것들에 대해
더 이상 말하지 않는 검은 모래처럼
눈 감은 별들을 등 뒤로 넘긴다
무대 위 그들을 위하여

• 아담 자가예프스키의 시 「타인의 아름다움에서만」 중에서 인용.

잠의 실루엣

넘친 얼음의 굳은 표정을 본 적 있니? 그릇 밖으로 *사랑해 사랑해* 눈물로 번역되는 그림자의 길, 시간과 시간을 겹겹 채운 코트를 잠그고 밖으로 나간다 부러진 별이 가로등을 찌르고 있다 어둠은 깨지지 않는 꿈으로 숨어들고 우린 지워지듯 스며들고 있었다 나선을 그리며 귓속에서 회전하는 잠의 뿌리, 눈꺼풀 위 멍든 꽃잎이 나타났다 사라진다 긴 혀를 휘두르며 한 달째 돌아오지 않는 부메랑을 불러본다 부풀어 오른 지평선의 지퍼가 내려가고 창으로 보이는 빛의 계단들,

꿈속의 꿈이 무성해지고 액자 안에 잠든 소설을 덮는다

착시

　두 마리 얼룩말이 달리고 있어 초원은 아니지 멀리서 보면 초원일지도 모르지 얼룩말이 아닐지도 모르지 검정과 흰색이 위아래 리듬을 타며 섞이고 먹구름 사이 검게 탄 꽃잎들이 누워있어 창밖에는 그녀와 커튼이 펄럭이고 지난밤 타오르던 침대는 젖어가지 오늘 이 아침 이토록 현실적인 무늬는 없지 손목시계와 벽시계가 각각 다른 시간을 달리며 내가 고딕체로 '**사랑해**'라고 말하자 화단의 꽃들이 이내 시들었어 빠르게 넌 계단을 오르고 난 종이로 오린 그림자를 움켜잡지 이제 너의 손을 놓을까 오늘 이 아침 얼룩말이 달리고 빗줄기가 달리고 검정도 흰색도 아닌 구름이 초원을 달리지 아니 초원이 아닐지도 모르지 당신이 아닐지도 모르지 두 개의 시계가 뜨겁게 울고 있는 지금, 불가능한 무늬는 멈추지 않고

목련밀크

햇살은 조금 데운 우유
그래서 김이 나고
봄은 언제나 그렇게 밍밍하게 시작하죠

때론 말할 수 없는 일들이 필요해요
입술에 묻어난 비릿한 시간들

모든 사건들이
둘둘 말아 한 줌이 되는 솜사탕처럼
달달해지려 발버둥 치는

꽃 속에서 한 남자가 걸어 나온다 안경이 뿌옇다 불투명
한 표정의 거리 한 잎 한 잎 피어나는 고요는 몸을 낮추고
비명이 새어 나오는 골목을 바라본다

표면을 핥는다 하지만 잊지 말았어야 했을까 봄은 쉽게
상한다는 것을 이 순간 목련꽃 진 얼룩이 온몸으로 번진다
다시 눈앞이 뿌옇다

봄을 또 보낸다
누구와도 사랑하지 않은 채

명랑한 이별

신발을 뒤집어 울음을 꺼내요 그날 당신을 따라가지 않은 것은 바람에 베인 발자국 때문일까요 신발 가득 고인 눈물을 태양에 비춰보아요 플라타너스 시든 잎과 시들고 있는 잎 그 아래 서있는 '미안해'

휘파람이 골목으로 사라지는 순간이에요 모든 꽃들은 바람을 뚫고 피어나는데 내 것이 아닌 것들이 내 발을 밟고 서성이네요 비로소 안개꽃이 보이고 마침내 펄럭이는 표정으로 모든 건 눈앞에서 사라져요

조금만 빨리 달리면 잡을 수 있을까요 안개처럼 우리가 우리 밖으로 걸어 나갈 수 있다면 무사히 내일이 당도할까요 뿌연 간유리를 사이에 두고 웃을 때 보이는 슬픈 얼굴처럼 투명한 나무들이 나를 들여다봐요

나란한 밤

물이 솟구치는 컵에서

누가 먼저 사랑한 것이냐 묻는 당신과
누가 더 사랑하는지 궁금한 내가 나란히 밤을 지난다

죽은 새들이 침대를 끌고 날아가고 있다

방들은 포개어져 잠이 들고
일요일은 아프고 목요일은 목이 길다

침대 발아래 자라는 그림자들
왜 다른 곳을 바라보며 걸을까

하루를 접어 더 이상 접어지지 않을 때까지
거리마다 사람들은 새 길을 찾아가고

창들은 서로 다른 모양의 캄캄함을 간직한다

우리 모두
약간의 간격을 두고

흐르는 방에 던져진 빈 의자가 되어
서로 다른 방식으로 말한다
잠든 침대가 나를 끌고 날아간다

오늘이 어제와 같을 때

자꾸 뒤돌아봐

뒤돌아보는 구름 사이를 걸었다

더 이상 꽃은 피지 않았다 가방이 어깨에서 떨어진다 신호등 불빛이 휘파람을 불며 뒤돌아본다 좁은 골목이 뒤돌아본다 따라오는 횡단보도, 엘리베이터 7층 버튼을 누르며 뒤돌아본다 핸드폰이 울리지 않는다 울린다 당신은 오지 않는다

낮게 걸린 푸른 달의 내부가 휘어지고 있다

끓는 물이 손잡이를 뒤돌아본다 뜨거운 냄비가 멈추지 않는다 눈이 내린다 컵에 금이 가고 거리의 사람들이 일제히 뒤돌아본다 사라진 손가락이 뒤돌아본다 수많은 얼굴 사이로 흰 얼굴이 굴러 떨어진다 도로 한가운데로 달려간다 뒤돌아본다 신호등이 달리다 뒤돌아본다 도로가 점멸하고 있다

오독

눈먼 기표들이 문장을 떠나는 시점이다

태양은 단순함 위로 떠오르고 견고한 시간의 벽에 숨은 시차와 오차, 고백과 독백 사이 우리는 우리가 아니고 매달린 모든 것은 끝내 떨어지는가 어제의 이니셜이 무표정한 질문을 낳는다 어깨를 돌려세우면 아득히 사라져가는 골목 안을 뒤집어 바깥이 되어간다

은유로 짠 양탄자 위를 걷는다 수많은 진실의 발목을 거느리고

유리 벽 사이
세상 모든 창문들은 거짓말을 먹고 무럭무럭 자란다

먼지의 일요일

이제 그만 핥아

  휘파람이 구름을 밀고 노란 신호등이 2차선 도로를 밀고
하이힐이 현관을 밀고 아파트 시계탑을 밀고 간다 내가 나
를 밀고 다니는 날들, 뒤꿈치를 들고 조용히 거리가 구겨지
고 있다 차들이 어깨를 밟고 지나간다 한 남자의 모서리가
떨어진다 목소리를 수집 중이다 물음표 닮은 귀가 밀리고
밀려 오후 3시 아래 흩어진다 뜨거운 먼지들이 컨베이어 벨
트의 수하물처럼 밀려오고 있다

  나는 계속 가벼워지려고
  양팔을 벌리고 가늘게 늘어나는 중이다

혀의 대화

어디서 온 것일까 저 붉은 페이지는
젖은 글자로 만들어진

혀를 내밀어요 오후처럼 굴러가는 혀들이 쏟아집니다 백
지 위로 힘을 빼야 하나요 행간을 건너는 입술이 녹아드는
글자 속을 달려가요 가슴을 어루만져요 혀가 있어요 모음
이 자음 위에

혀와 혀를 꺼내 주세요

혀를, 받침이 물컹거려요 혀들이 날아올라요 칸마다 피
어나는 글자들 바닥을 펴서 떨어지는 혀를 받을 거예요

'따뜻한 물로 만들어졌나 봐 스며드는 혀의 입술을 맛봐'
그것은 지금 혀끝,
접어지는 한 페이지일지도 모르잖아요

맛: 맛

달려나가요 우리
별 맛도 나지 않는 시간 속으로

난 가끔 몽상가들의 질주가 생각나

언젠가 함께 보았던 불꽃놀이
눈부신 포물선 아래 우린 누워있지

녹슨 침대 다리가 덜덜거리고
숨이 차 얼굴이 빨개져도
쏟아지는 하얀 구름의 공들

몸에서 둥글고 단단한 것들이
빠져나가는 기분이야

침대 시트를 깃발처럼 흔들어볼까
입을 크게 벌려봐
입안 가득 고여오는
어제와 오늘의 맛

내일 또 내일 아름다운 하늘에 박혀
썩어가는 구름이 되어가는

저 봐! 아직도 창밖으로 하얀 공들이
튕겨 올라가고 있어

자라나는 안녕

안녕이라는 인사는 나뭇잎들이 하는 말이에요

지금은 젖은 양말 속으로 숨어듭니다 나는 방에서 거실로 자라나요 나뭇가지로 떠가요 목욕탕으로 떠가요 대화는 소매처럼 펄럭이고 문 앞에서 옷을 벗기도 하지요 불안을 씻어내는 나는

달콤한 모자 속으로 자라나는 골목입니다 의자는 이제 없어요 머리카락은 알지요 두 사람의 소금기 없는 짠맛을, 처음과 끝, 찬물을 뒤집어쓴 머리처럼 흘러내립니다

아직 이동 중입니다 바지 끝이 땅에 끌려요 끓고 있네요 머리를 쓸어 넘기며 빗물에 섞이는 것처럼 소용돌이치는 이 파리들이 온통 모여들고요 젖지 않는 털처럼 안녕을 덮는 것들은 없나요

제2부 moderato 질문

불타는 의자

　다리 위에 다리를 포개고 이곳이 저곳으로 들어가 타오르고 있다 의자는 어떤 표정으로 불타고 있는가 일어서는 나를 잡아 앉힌다 의자와 의자 사이 긴 팔을 흔들던 오후가 무너진다 지나가던 의자가 하늘을 향해 다리 벌리고

　순간 담겨 있는, 때론 흔들리며 출렁거리는 의심스러운 구름이 불탄다 함께 앉았던 수많은 온기가 날아간다 의자가 다시 불 속에 앉는다 바람의 다리가 타오른다 시간의 못들이 빠져나와 투명해지고 의자가 의자의 비명 속으로 들어가고 있다

　의자, 의자가 불탄다

안개 남자

이것은 한여름 밤 번개를 만드는 바람의 손
그 손을 꽉 움켜쥔 안개, 그 마지막 눈빛을
기억하는 한 남자의 고백이다

6과 9 사이 안개가 가득하다

거꾸로 매달린 빌딩 사이로 한 남자가 떠가고 있다 안개
에 손목을 넣고 흔들자 빌딩의 벽과 창이 휘어진다

눈동자, 안개의 피를 수혈하는 눈동자가 다가온다

물방울이 떨어진다 그때마다 휴대폰에서 희뿌연 골목이
흘러나오고 네가 보낸 문자를 읽을 수가 없구나

손바닥을 펴서 안개 속으로 사라지는 일을 생각한다 막다
른 햇살은 어디로 갔나요

빠져나가는 모래알들을 세어봐요

빌딩을 덮은 거대한 동공이 소리친다 태양을 가린 안개
가 지나, 지나갑니까

내일이 뚝뚝 끊어져 내린다 흘러내리는 표정일까 손바닥
이 젖어버렸어

남자는 미끄러지는 모래알을 던져버린다
태양이 그림자를 끌고 날아간다

일인칭 식탁

'단단한 접시가 쌓여 간다'는 문장을 바닥에 던진다

이마에 담긴 뜨거운 수프가 깨져 버렸다

빛나는 수저는 어떤 맛일까
허기와 과식, 발버둥 치는 내가 쏟아져 나온다

식탁 위 태양이 흘러내려요
그래요 요리를 잘하고 싶었죠
웃다가 울던 접시가 나를 핥고 지나가네요

별맛도 나지 않는 내 솜씨가 문제였을까요

젓가락들은 야위어가고
더 이상 식탁의 고백이 들리지 않네요

하얗게 날리는 질문을 반죽해요
날마다 빵이 부풀고 끝내 뚜껑이 열려요

비밀이 끓어 넘치네요

'나를 꾸역꾸역 삼키고 있어요'라는 문장을 뜯어 먹는다

오늘의 비명이 맛있게 익어가고 있다

스크린

벽을 치는 남자가 있다
주먹으로

저녁이 끌고 온 그림자가 너무 말랐다
며칠째 허기가 벽을 올린다
흰 벽돌이 현기증처럼 떠오른다
주먹을 쌓아 올려 벽을 세우고
다시 주먹으로 치는
남자
벽 앞에 서있다
자꾸만 무너져 내리는 벽
허공을 뭉쳐 만든 주먹이 단단해진다
남자는 주먹을 넣었다 뺀다
벽돌을 나르다 넘어지는 계단들
벽이라는 이름으로
벽이 거대해진다
남자는
벽 앞에 서있다
태양도 불태우지 못한
주먹으로

가슴을 치고 또 친다
무한 증식하는 벽 앞에서

스크린 가득 동공이 확대된다
주먹을 삼키는 벽
벽으로 걸어 들어가
거대한 벽을 열고
끝내 남자는

물병자리 별자리

무슨 색일까? 죽은 자의 그림자는

눈물, 로 소리 나나요
별빛을 알리는

우린 점으로 만나요 어둠을 접어
더 이상 접을 수 없을 때

그림자가 될래요 그런 포즈로 기울어진

선을 잇고 이어 물병 가득
흔들어 물을 채워요

우아한 춤을 추어요
점이 점을 불러 선을 이룰 때

'노래' 너는 무성해지고 얼룩은

출렁이는 길들을 어루만져요
당겨도 쏟아지지 않는 물병자리처럼

하얗고 하얘 모든 것이 지워지는
선에서 점을 빼는

당신과 나 밤하늘에 누워요

고양이 춤

불충분한 장갑을 끼고
누군가 건반을 마구 두드린다

계단이 엉망이 된다 못갖춘마디의 웃음이 손가락 끝으로
흘러내리는 날, 7옥타브가 그려지고 멜로디가 조금씩 자란
다 노래를 부르거나 춤을 출 때 두 팔을 벌려 안을 수 없는
꽃다발이 하늘에서 쏟아진다 내일은 뜨거운 당신의 춤과 닮
았을까 당신과 나 사이 고양이 발자국이 놓여 있다 그 음만
세게 치는 스타카토 같은

흰 계단이 검은 계단을 타고 내려온다

계단 1/2

날개는 보이지 않고 밧줄은 없는 날들이야 무너지는 것은 내부부터였을까 계단을 오르다 말고 너는 뒤돌아보며 웃는다 반쪽의 얼굴만 보인다 마치 우는 것처럼 보여

담벼락 가득 반쯤 지워진 낙서 그리고 창으로 보이는 반쪽의 하늘, 뭉개지고 끝내 숨어버린 구름을 만난다 오늘은 모든 것이 적당해진다 어느 방향으로 뛰어내리면 멋질까 옥상 문이 열리고

엉켜버린 구름의 머리칼이 계속 돌아간다 손끝의 지문처럼 어떤 포즈로 바닥에 누워있을까 알 수 없는 질문과 말해지지 않는 정답들, 고요히 계단과 계단 사이 튀어나와 있다 앞사람들이 모두 고꾸라져 넘어진다

나는 반쯤 궁금한 계단이 되어간다

질문의 혀

너와 나의 입맛은 닮았을까?

그것은 붉다
위험한 처음처럼

설탕처럼 뿌려진 별빛을 혀끝으로 찍어 먹는다

고개를 기울이며 입술을 묻는다
우리는

그 안에 담긴 별자리에 대해 물어본다
기억 없는 풀꽃들이 젖어가고

검은 이파리가 별의 모서리를 궁금해한다
밤의 한 부분이 확대된다
하나만을 생각할 때

어둠은 별이 만들어낸 숨소리인가

나무들의 포옹이 중얼거리는 동안

우린 이미 없고
나의 질문에는 이유가 없는 것이 이유다

우리의 혀는 지금 깨어나는 중이다
뾰족한 나뭇가지 위에서

싱크홀

채색되지 않은 배경이 4차선을 달리고

모자이크된 화면이 지그재그로 구겨지고

너에게 가는 도로는 끓어오르고

접시에 담긴 오렌지가 빠르게 굴러가고

나는 어느 화면에서 자라는 걸까

창밖으로 흑백 필름이 손을 흔들고

누군가의 입술이 시들어가고

신호등이 집요한 깜빡이를 켜고 달리고

깨진 안경 위로 마른 꽃잎이 부서지고

우리의 이야기가 한꺼번에 쏟아진다

횡단보도의 맞은편 태양이 땅 아래로 꺼지고

빌딩 벽에 손목시계가 거꾸로 돈다

줄무늬 나비

남자의 등에서 나비 한 마리 날아간다

나비 무늬를 잡으러 나비가 날아가고 꽃잎이 접힌다 구름의 언어로 말할까 나비를 생각하면 나뭇잎이 커지고 하늘이 가벼워지고 그의 입술이 떠오른다 그의 입술을 만지면 구름의 눈물이 생각나고 입술에 비가 내린다 구름이 다가와 창문을 열자 그의 입술에 창이 열린다 나는 반쪽의 날개에 앉아 그를 날려 보낼 것이다 그가 더 이상 나에게 사라지지 말라고 외쳐도 나는 나비 무늬를 말하지 않고 나비만을 생각할 것이다 구름의 머리칼을 빗어 내리는 줄무늬만 떠오를 것이다 나비 한 마리 날아간다 하늘 밖으로

장미, 그리고 장미

장미의 손마디에 너의 이름이 부러져 있다 손가락 끝에서 붉은 울음이 새어 나온다

장미. 장미가 걸어온다 장미가 가시를 꺾고 천천히 온다 장미는 장미를 따라 하지 않는다 장미가 꼬리를 물고 늘어난다 놀다 지친 장미가 장미를 데려온다

너와의 이별을 장미라고 불러본다 별들이 있는 밤에도 장미가 온다 덜컹거리며 온다 컹컹 짖으며 온다 난 한 움큼의 가시를 뽑아 던진다

당신이 서있던 방향으로 덩굴이 이어진다 장미는 길고 긴 밤하늘 건넌다 띄엄띄엄 웃으며 걷는다 난 장미 속으로 들어가려고 신발을 벗는다

밤의 발바닥에 가시가 환하게 피어있다

구름의 기원

우리의 그늘은 말라가는 중이었지
웃음소리에 섞여 떠내려가는 날들

구름의 발끝으로 움직이는 강물에 누워
잎사귀 펼치고 가만히 눈을 감는다
한 뼘씩 멀어지는 풍경

당신의 예상대로 나는 강둑을 따라 넘친다
어디까지 흘러가기를 원하니?

강을 건너는 다리는 네 개다
10년 전 다리는 두 개였을 거야 아마
햇살이 뚝뚝 끊어져 떠가던

손가락으로 간지러운 강의 주름을 늘리고
하나둘 세다가 잠이 들면
꿈의 뿌리가 뭉텅뭉텅 강물 위로 솟아올랐다

붉은 뺨의 아이가 자전거를 타고 달려오던
그해 여름 가장자리

내일의 강물은 어디로 흘러가나

너의 젖은 이마가 빛나는 강에서
세상 모든 구름의 이름이 태어났다

푸른 불면의 청바지

어둠은 빛의 알몸,

불면의 창을 매달고 기차가 달려온다

부드럽게 미끄러지는 저것은 기차인가
차가운 레일의 세상에서
두 다리를 지나 길고 단단한 터널로 사라진다

'너를 위해 옷을 벗는다'라고 말한다 거리는 늘 불면으로
가득 차있구나

당신은 기차의 불면에 대해 말하고
난 청바지의 불편으로 대답한다

걷다 보면 흘러내리는
그림자들 불가능한 무늬의 청바지가 벗겨지고

웅덩이에 발을 담그고 참방거릴 때 푸른 주머니를 만들
며 웃음 웃던 빛의 소리

달리다 멈추어
수많은 옷 더미에서 당신 청바지를 찾는다

흔들리는 기차에서 떨어지는 빛 가루를 받아 적으며 눈
을 뜨고 잠든다

사라지는 기차와 사라지려는 나를 바라보며

숲으로

검은 뿌리가 엉켜있는
숲으로 갈래요
당신이 사라진 숲으로요

누군가 나를 밟고 건너가요
움푹 들어간 자리마다 고여 드는 울음들

그 안으로 뻗어가는 당신의 목소리
숲으로 갈래요
당신이 비처럼 녹아내리는 숲으로요

난 두 손을 맞잡고 두리번거려요
어찌할 줄 몰라서 그런 건 아니에요
여기가 숲의 시작인가요

세상의 잃어버린 길들이 구불거리며 모여드는
숲으로 가요
망각의 나이테 두른
굵어만 가는 지상의 기둥들

처음과 끝을 가리키는 벌어진 나뭇가지와
눈 감고 뛰어내리는 끝없이 이어진 발자국들

다시 되돌아 나갈 수 없는
영영 숲으로 갈래요

보도블록

밟히기 위해 태어나지
오늘도 태양 아래

우린 두 손을 맞잡은 채
거울처럼 깨져 나간다
멀리 더 멀리
씩씩하거나 무모하게

누군가 갈아엎어
튕겨 나간다
다시 돌아올 수 없는 길
잡을 수 없는
껴안을 수 없는
발바닥의 통점들

깨지고 깎이고
닳아지는 것
그렇게 이루어지는
내 것이면서 네 것인
최초 그것은 빛난 것이었고

지금은 더 빛나는

조각난 파편이
햇불처럼 타오르는 도시

날카로운 거울의 길
나에게서 너에게로
빠르게 번져간다

투명에 갇힌
비밀들처럼

화이트보다 창백한

난 오늘 선을 넘을 거야 선은 늘 세상 밖을 바라보지 점선이 실선이 되고 한 뼘 밖으로 휘발하는 박수 소리 눈부시지 엉킨 손바닥의 신음이 둥근 실타래가 되는 날들이야

나를 풀어놓은 곳은 미술관 입구였지 흰 그림자를 끌고 온 당신은 망아지 같았어 하지만 마술사같이 문득 회색 들판이 되어 사라지기도 하지 누군가와 첫 만남은 미술관이 좋아 처음 모든 문이 열려 있을 때처럼 나는 손잡이에 매달린 물방울이 되어 빛을 향해 뒤돌아볼 거야

작아지는 문장으로 당신을 불러보면 그림자 뒤 햇살이 꿈틀거려 다시 속삭이는 목소리로 당신을 부르면 겹겹이 쌓인 창으로 발자국이 내리고 처음부터 다시 시작할 거야 불화가 발화로 피어나는 날, 우린 흰 도화지에 천천히 눕는다

점점 진하다 희미해지며 완성되는 그림들

손을 그리는 손

연필 끝엔 가늘게 선이 빠져나오고 그 길을 따라가는 당신, 타오르는 손가락을 깎고 있어요 눈동자를 그려요 오늘의 손끝이 부풀어 오르네요

손가락을 삼킬 거야 흰 재로 길을 만들고 처음 손바닥 밖으로 걸어 나가요 손이 손을 매달고 도화지마다 그림자를 흔들고 있어요 당신을 향해 벌어진 손가락 사이로 손이 손을 뚫고 자라요 잘 그려지지 않는

눈동자를 꺼내요 손바닥을 뒤집어 불꽃으로 타오르는 손가락을 보고 있어요 왼손이 그려지면 오른 손이 지워지는 날들 누군가 투명한 손을 손을 흔드네요

밤의 출구

꿈의 한가운데 구멍이 나있다

잠 밖으로 흘러넘치는 문장들
꿈이라고 다시 불러보는

너는 벽 뒤로 사라지곤 했다

기다려도 만져지지 않는
'여기'가 동그란 하품을 열고

보이지 않는
닿으면 사라지는 아침은

왜 부풀지 않고 납작해지나요
새털 같은 잠을 저울에 매달고
남아있을까요

귀 기울여요 빛나는
모서리는 어디로 간 것일까요

'여기'로 흐르는 물결이 다시
벽 뒤로 사라지네요

꿈 안에 잠든 당신과
꿈 밖에 나를 건너

여기, '여기' 있는데

자작나무는 나를 모르고

돌아오지 않는 나무들이 바닥에 뒹군다
얼굴 없는 흰 발자국만 떠다니는

숨어드는 잎사귀의 표정들
사라지고 나타나고 다시 사라지는

자작나무는 나를 모르고
나를 모르는 너를 모르고 고요히
나무인 줄 모르는 나무의 이야기처럼

안녕은 안녕이란 맨발을 꺼내 보이고
좁고 휘어진 길에서 뛰어내리는 중이라 말했다

투명한 언어들이 잘 자라는구나
그때 하늘은 아주 검지도 하얗지도 않았는데
어떤 가지는 눈빛이 되고 기나긴 겨울이 되지

슬픔이 자라는 줄도 모르고
어딘가로 떠나는 문장들
세상의 반을 찌르고 나머지 반은 삼키며

제3부　staccato 안개

백야

　당신, 눈빛을 본 적 있어요 낮과 밤의 기둥이 무너지고 사랑한다, 사랑하지 않는다 굴절된 문장을 써 내려가요

　모든 기차는 눈부셨죠 파열음으로 달구어진 레일 당신을 빠르게 지나가고 한꺼번에 몰려오는 빛처럼 지워지는 것만은 아니잖아요 지난 밤 환시를 기록하는 바퀴는 멀어지고

　두 손으로 얼굴을 가린 레일의 고백은 언제나 너무 늦거나 빠르죠 저물어가는 실루엣이 필요한가요 ?와 !들이 불 꺼진 창의 꼬리를 물고 사라져요

　하지 않는다, 한다 눈빛을 보아요 당신, 무너지는 오늘 열리지 않은 내일이 따라와요 바람을 담은 눈부신 빈 칸을 쫓아가요

그림자는 나를 색칠한다

넌 이상야릇한 색깔을 자꾸 주문한다

아이스크림을 핥으며 차가움이 솜사탕이 되는 감정을 생
각한다 입속에 흰 구름이 차올랐다

물감을 섞고 반죽해요 앞치마와 손만 더럽혀지네요
번지는 얼룩들, 이제 어찌할까요

금요일 오후 5시를 섞는다 세상의 물감을 다 읽고 싶었어
잃고 싶었던 걸까 주머니 밖으로 번지는, 처음 보는

뭐라고 불러야 하나
몇 사람은 맞다고 박수 치며 좋아하는 그 색을

너무 어려워 나를 잊지 말라는 말을 무슨 색으로 칠할까
길고 긴 눈동자를 칠한다 손가락 사이로 흘러내리는 물감
들, 색상환에도 없는

사라지지 않는 얼룩이 온갖 색깔로 소리쳐 그사이 말할
수 없는 밤들이 지나가고

그림자가 나를 색칠하고 있다

물들고, 물들지 않기
아이스크림을 아름답게 녹여 먹으며

안개주의보

나뭇잎 모양의 슬픔이 자라는 동안 햇살은 무엇을 했나

아득하고 멀어서 빛나는

안개 정원으로 간다 창을 열고 눈동자를 어루만지며 간
다 가로등을 지나 언젠가는 당신이 보낸 먹구름을 타고 간
다 투명한 꽃들이 횡단보도를 건넌다 마주 오는 사람들은
젖은 심장을 안고 지나간다

벗어도 벗겨지지 않는 것들이 있어
만지면 이내 사라지는

무너지는 꽃들이 환하게 피어나는
당신이란 이름의 안개

녹아버린 계단이 되었다가 축축한 발목이 되었다가 찢어
진 꽃잎이 되고 다시 사라진 문장이 되지

안개 속에서 안개의 비밀이 되어볼까
입술 위에 손가락을 얹고 사라져

잠들지 않은

꽃잎 하나 건너와 안개를 통과하는 중이다

맨홀들

달콤한 3시 이전의 나뭇잎입니다
이제 없어요 햇살을 숙성하는 시간들

눈동자 출렁이는 바닥이에요 등 젖은 길들이 떠내려가
며 빗방울들을 툭툭 털어내고요 나뭇가지가 그림자가 되
는 것처럼

잘 가라는 인사는 하지 마요 부러진 언어가 숨어드네요

사라진 구멍들이 꿈틀거려요 추운 표정이 나란히 젖어가
고 빛나는 그늘은 없었죠 어린 발목을 삼켜버리는

멈추지 않는 안녕이 서로를 껴안는 순간입니다 회오리치
고 있네요 떠오르다 가라앉고요 흘러내리는 잎들이 동그란
어둠 속으로 사라지고 있어요

액체 정원

긴 끈으로 이어진 정원이에요

되돌아오지 않는 말들, 얼음을 뚫고 자라는

당신은 나뭇잎을 가위로 떼어내고 있어요 눈동자 시들은
정원입니다 출렁이는 노래들이 잘려 나가요 새로 돋는 안쪽
의 물방울이 무사할까요?

고드름이 되거나 안갯속으로 숨어드는 뿌리들, 어린 발
목을 이내 삼켜버리는

나를 밟고 지나가요 누군가, 은빛 구두로 정원의 뒷모습
을 눌러봅니다 불 꺼진 창들이 나란한, 푸른 표정의 페이지

벗겨지지 않는 어둠이네요 다시 꽃은, 꽃이 피어날까요?
잠든 묘지처럼 피지 않는 엔딩입니다

먼지들

떠오르는 허공의 얇은 그림자들

햇살의 끝이 눈동자에 고요히 내려앉아요 사람들은 느리게 검은 계단과 흰 계단을 오르내리고요 가로수가 멈춘 듯 조금씩 움직이네요 흔들리는 잎들이 아파요 침대가 부스스 일어나 반쯤 열린 창으로 사라지고요

이대로 날아갈까요

한 여자가 계단에 웅크린 채 가루가 되어가요 그 여자 눈썹 사이 틈틈이 들어찬 검은빛의 층위들 꽃잎이 떨어지고요 오늘의 풍경을 뭉쳐 창밖으로 던지네요

화요일도 수요일도 아닌

꽃들이 명랑해지고 입술을 건너 부드럽게 착지하는 '오늘' 피어오른다 우리는 입 밖으로 발을 떼지 않는다 나무에 걸려 있는 '내일'이란 질문이 한꺼번에 빛날 때

'지금'에서 만난 잎사귀는 쌓이고 쌓여 투명해진다

풍경에 구멍이 숭숭 뚫려 있다 행운을 다 써버린 날들 연속된 무늬가 창가에 펄럭이고 꿈속에 방치한 꿈들은 보이지 않는다 흔들리는 그늘을 열고 들어가 당신을 만난다 '오늘'이 오늘을 잃어버릴 때 꽃잎은 얼마나 가볍고 단단한지

버스는 오지 않는다

그날, 가로등이 깨지지 않았다면
깊은 커피 맛을 몰랐다면
여기가 아니라 저기 건너라면
내가 아니라 그녀였다면

가방을 놓고 내렸어
이름 없는 정거장이 사라진 길을 묻는다

그날 아침 전화가 오지 않았다면 정거장 이름이 기억날까
와인을 마시고 손목을 잡고 전화번호를 묻지 않았다면 그래
커피숍이 일찍 문을 닫았지 창가에 없는 꽃들이 피어나 그
래도 비는 내리지 않고 그날 버스를 같이 타지 않았다면 어
땠을까 또 그랬을까 내가 원피스를 입지 않았다면 우리가
정말 그랬을까 젖은 머리카락이 흩날리지 않았다면

놓고 내린 노란 우산이 자꾸 생각나
없는 내가 고개를 저으며

그때가 아닌 지금이라면
없는 내가 나였다면
그때 우리가 우리가 아니었다면

입술에 내리는 비

말할 수 없는/말하지 않는
비가 내린다

세상 모두 모르는 일이 되어 쏟아져요

어제도 그랬죠 아픈 별을 견디는 밤하늘처럼 당신, 나를
잊기로 했나요 두 손을 얹고 잠든 새를 보아요 그래요, 이
제 다른 누군가의 눈빛이 되어볼게요 지워진 얼굴이 되어
볼게요

　빗방울과 또 한 빗방울 사이
　투명한 꽃만 피우는 나무들

그 아래 허공의 발자국이 쌓여 가고 침묵을 발설하는 빗
방울이 입술을 덮어요 창을 만지던 버려진 손가락들, 환해
지다 끝내 흘러내리고

　비가 내린다
　잊어버린/잊을 수 없는

바퀴들

당신의 눈을 열고
낡은 바퀴들이 굴러 나온다

혀처럼 붉고 깨지지 않는 바퀴들

어디로든 닿고 싶은 표정으로
젖은 길을 감고 뒹굴지

내 입술과 당신 입술이 어긋나
조금만 빨리 달리면 만날 수 있을까

돌돌 말리는 하루
밤과
또 밤들을
허리에 감고 돌리네

새벽 두 시 모습을 알아볼 수 없어
빨갛게 번진 입술과 턱까지 내려온 눈물

굴러가다 멈춘

바큇살을 후후 불며
젓가락으로 감아올리면

바퀴와 입술 사이
무성한 풀들의 노래가 시작되고
앞으로 달려가다 멈춘 아이처럼
바퀴가 길을 벗고
다시 돌아오지 않아도 좋아

완벽한 수요일

발가벗겨진 계단이 자란다
구석에 웅크린 구름의 날개가 젖어가고 있다

사람들은 날마다 찢겨진 알리바이를 주머니에 넣고 사
라지고 지나가던 여름은 끝나지 않은 이야기를 화단에 토
해 놓는다

꽃잎이 내는 노래 따위는 잊은 지 오래

뜨거워진 잠 속으로 들어가는 계절의 머리카락, 그 사이
로 지붕의 빗소리는 아득하고 허공이 두 팔을 휘저으며 당
신을 찾아 헤맨다

빗방울은 언제 서로 만날 수 있을까

축축해지는 수요일의 사건은 끝내 도착하지 않고 장마는
입구를 열어놓은 채 달아난다 간신히 매달리다 떨어지는 빗
방울을 바라본다

춤추는 혀

바닥에서 자란 혀들은 죽은 지 5백 년이 되었고 우린 갈라진 혀끝에서 길을 잃는다 변명이나 핑계는 비겁한 혀들이 하는 하품, 계단이 흘러내린다

젖은 길들은 연속무늬를 뱉어내고 계단을 삼킨 독백이 밤하늘에 쏟아진다

오늘은 어떤 계단 위에서 잠드는 걸까
흩날리는 혀는 더 이상 할 말이 없다

수천 개의 혀가 떠오르고

춤춰라 춤을
몸부림의 언어를
그건 너인 동시에 나였을까

어둠의 깊은 무늬가 잠깐 환해진다
고요히 불타오르는 길이 혀에 매달려 있다

아무 사이 아닌 것처럼

어둠의 체위가 아름답게 이어지는
지금 막 터널을 빠져나왔어

이것은 한없이 구부러지는 빛의 테두리야 끈을 잡고 따라
오는 들키고 싶은 풍경의 이야기처럼

처음 보는 꽃들이 몰려오는 간이역을 지나
우린 표를 물리고 싶어도 그대로 앉아있지

꽃병에 불꽃을 가득 채워 흔들어볼까 꽃인 듯 주먹인 듯
그렇게 햇살은 날마다 가지에서 멀어지고 꽃잎을 덮고 잠든
비명은 야위어가지

이 칸에서 저 칸으로 건너가며
빈 꽃병을 흔들며

한 칸 두 칸 뽑혀 나가는 티슈처럼 우리 내부는 조금 더
씩씩해져야 할까 여긴 고도가 높은가 봐 기차에서 뛰어내리
는 붉은 레일이 귀를 막고 만발해

소문만 들끓던 가로수 잎들이
질주하는 터널을 삼킨다.

블라인드의 3시

반쯤 감긴 시간의 눈동자

3시는
3시 이전의 발음기호

빛의 소리가 새어 나온다 웅덩이에 발을 담그고 투명한
그림자를 만들 때 그 소리와 가까운 적이 있다

물에 빠진 3시를 건진다

당신이 불러 모은 것은 뿌연 그늘, 타오르는 풍경의 뼈
대, 그 위에 앉은 돌멩이, 누구도 아닌 얼굴로 다가온다

말라가며 젖는 표정들, 빛의 소리를 만지는
이전의 나

눈꺼풀에 고이는 실루엣을 3시라 부를까?
아직 먼 노래들이 흘러넘친다고 믿는다

닿을 수 없는 창밖으로 눈먼 물고기가 흐르고 신호등이

질주하고 암호가 쏟아지는

　당신은 없고
　당신의 3시만 남아 펄럭인다

주사위

모든 비밀번호는 늘 싱싱하지

서로 어긋나는 표정들을 모아

우주로 던지는 알리바이야

두 사람 사이 자라는 감정을 더할까 뺄까

숫자에 연연하는 우린 나란히 줄을 서서

거짓말을 세어볼까

커져 가는 구멍 속 지워지지 않는 표정들

풀 수 없는 공식은 읽어도 알 수 없지

당신을 향해 달려가는 암호들

단단해진 모서리는 뒹굴어도 모서리

쏟아지는 손가락은 길을 잃고

나를 움켜쥐고 흔들어 뿌려봐

마주 보는 숫자들은 날마다 낯설고

허공으로 사라지는 조각난 그림자야

크게 웃는 꿈속의 꿈을 던진다

언제나 원하는 숫자는 나오지 않지

구름 피우는 여자

불타는 문장은 늘 의심스럽고 구름은 먼지로 만들어졌나

미끄러운 바닥의 감정들이 혀에 닿을 때 연기 나는 모자를 쓰는 건 구름을 피우려는 자세, 타다 만 구름의 손가락은 가벼워질까

언젠가 술집 모서리를 피우다 경찰서에 간 적이 있다 돌아가신 엄마는 쓰레기를 피우다 길에서 잠이 들고 난 어린 시절 풀 냄새 나는 들판을 피우다 따라오는 더 큰 들판에 놀라 넘어지곤 했다

노을을 삼키는 새들의 날개에서 구름의 언어는 시작되고 아버지는 피우다 만 회색 바바리를 들고 서있다

담뱃재에서 그늘이 날리는 날들, 헤어진 막다른 골목을 피운다 그날 바람 모양 문신의 한 남자가 사라진 문자 안으로 걸어갔던가

구름의 눈썹을 그린다

거울 뒷면에 변해 가는 그을음을 확인하며

흩날리는 말과 재의 표정으로

오렌지 기차

접시에 담긴 오렌지
오렌지 향을 흘리던 레일은 모두 사라졌네

내일을 기다리는 얼굴로
점점 부풀어가는 오렌지 바퀴들

끊어질 듯 이어지는 기적 소리
반쯤 시간의 발목을 벗고
스프링처럼 힘껏 튀어 오르네

검게 식은 일상의 고요를 찢고
말랑한 빛 속으로 빨려 들어가는
소란스러운 둥근 창문들

심장 가득
환한 불을 켜고
휘어진 비탈로 미끄러지네

황홀한 유리 조각 위를 달리는
새콤달콤 오렌지 기차

어깨 넘어 노을빛 차표를 던지네
빛나고 멀어지는

심야 도시라는 텍스트

　속도가 쏟아지는 환승역

　귀 없는 창들이 뛰어내리고 떠도는 발자국이 맨홀 속으로
빨려 든다 고장 난 브레이크는 잘 팔리지 않는 네온사인, 멈
춰 선 자동차가 흔들리는 눈빛을 발음한다

　사물을 닮아가는 눈동자. 다 닳아버렸어

　밀폐된 출구는 사라진 입술을 전송하고 플러그에 매달린
비명들 질주의 파동을 따라간다

　빌딩은 어둠을 기어오르고

　우린

　달리지 않으며 달리고 있다

제4부 adagio 신발

가본 적 없는 방

그날, 사라진 방

따뜻했던가, 가방이 열리지 않아 낭패를 봤던 그 방, 당신과 당신의 실루엣 사이로 뜨거운 혀가 숨어있던, 노란 우산은 접히지 않아 가방에 넣지 못했지 일주일 내내 비가 창을 두드리고 오래된 벽지가 기어올랐어 난 그 방에 가지 않았지 당신의 젖은 양말 때문이 아니야 식은 커피를 탓하지도 않아 옷장 속 요란한 드라이기가 있고 구불거리는 그림자들이 화장실에 넘실대던 그 방 무늬 없는 갈색 커튼이 침묵을 흔들 때 모르는 전화가 계속 울렸어 끝내 찾을 수 없었던 귀걸이 한 짝, 이불을 뒤집어써도 붉은빛이 입술과 입술 사이로 번지던. 지금도 손끝에

그 방, 가본 적 없는

비의 법칙

구름은 늘 부푸는 것밖에 몰라

회색 노래를 연주하며
목을 빼고 울고 있는 가로등 앞으로

장미꽃 대신 우산을 들고
사람들은 모두 그림자를 흘려보내지

당신과 나 사이 아득한 빗소리
아무런 대답도 없이
여름은 부쩍 키가 크고
나뭇잎은 아무렇게나 오래 머물러

그래서 골목을 잃었던 거야
그해, 끝나지 않은 여름이 올까 봐
비가 쏟아져 길들이 무너지고
지붕마다 구멍은 커져 갔지

왜 내가 만지는 빗방울은 우산 내부에 닿지 않을까
교회의 첨탑은 보이지 않고 우린 점점 흐려지고

젖은 어깨를 감싸 안으며 잊혀질까 봐 비가 오는 걸까
누군가 신발 위로 장미꽃을 던져

가시가 우산살처럼 돋아나는 날들이야

식탐 있는 그녀

빈 접시만 가득한 테이블의 오후
그녀는 단단한 표정을 한꺼번에 삼킨다

빛과 어둠의 동작은 이미 사라지고
몸의 절반은 멈추지 않는다

오후 3시의 부재를 망각할 때까지
누군가 그녀의 샌드위치를 빼앗아 가기까지

지금, 같이 먹을까요?

한입 베어 무는 감정의 이빨들
달콤한 입김이 증발된 사각의 벽에 둘러싸여

지난밤 설탕이 아직 남아있을까
엉덩이 모양 구름이 창밖으로 지나가고
오늘의 커피는 이미 죽었다

빵 한쪽은 그늘을 묻히고
다른 쪽엔 붉은 커튼의 거짓말을 바른다

마주 보고 입을 벌려 서로를 먹는 일
손바닥을 맞대어 하이파이브를 하는 것처럼

포장된 샌드위치는 늘 맛있었지
그것은 왼쪽으로 소스가 흘러내리는 모습

그녀는 남자의 오후 3시를 반으로 잘라 먹는다

신발들

네 신발은 보이지 않고
내 신발은 처음부터 없지

이것은 안락과 착란이 함께 출렁이는
바닥이 끌고 온 길의 그림자

물이 차오르네요 발가락은 부풀어 오르고요 이제 어디로
가야 하나요 누군가 날마다 낯선 멜로디를 발 앞에 놓고 가
요 발등에 자라는 검은 풀들 문밖을 바라보며 일렁이네요
뒤꿈치를 들고 신발이 날아다니는 꿈속으로 들어가요

벽에 손을 대고
한쪽 발을 내밀 때마다 사라지는

흘러내리는 발자국

밖으로 나가 끝내 돌아오지 않는
신발이 벗겨진 신발들

압생트

뭔가 확 터질 듯한 밤의 입구를 열고
그 안으로 들어갈까요, 우리

압생트는 투명한 문이죠
입술을 대고 고개를 왼쪽으로 기울여요

나 자신과 가장 가깝게 연기한 적이 있어요

누군가에 집중한다는 것, 우연은 우연히 오지 않죠 은밀
히 떠오르는 부표 같은 일이에요 사람들 목소리 하나둘 휘
발되고 난 그대로 받아들이기로 한 자세로 앉아있어요 물어
봐 주지 않아 고마워요 약속보다 다른 것들이 중요했던 그
때처럼 말이죠 여기 간접조명이 마음에 드네요 어둠만 선
명하죠 흔들리며 차오르네요 고흐가 마시고 귀를 잘랐다는

불안을 섞어 마시면 맛이 괜찮더라고요
나답지 않은 날들이 흘러넘쳐요

도수가 좀 세긴 세네요
내게서 빠져나가는 오늘 밤은

새가 있는 거울

어느 다정함이 더 어울릴까
너에게 닿을 수 있기를
허공을 빛으로 채우는 새들의 날갯짓

내 거울 속 출렁이는 날개는
너무 낡아버렸어

나는 언제부터 너였을까
눈물 섞인 너의 눈망울이 검고 푸르다
앞에서 보면 너는 어여쁘지

벽을 타고 넘어오는 독백들
옆방 사람들은 수수한 꽃을 들고
소소한 이야기를 나누지
천장이 높아서 좋다고
우린 망설인다 커튼을 닫을까

깊은 곳은 늘 환하다 니의 뒷모습처럼
컵에 물을 따르고 날아가는 새들을 바라본다

창을 닫아줘 어디로 같이 날아가 버릴까
옆에 나란히 턱을 받치고 앉아
손을 흔들어보는 그림자들

깊어지는지 모르게 깊어지는 순간이 있어
컵에 물이 채워지기까지

오늘의 서사를 물고 날아가는 새들에게
거울은 늘 투명하게 흘러간다

떠도는 오렌지

향긋한 당신이라 부르면 안 되나요
오! 렌지
맛없어지는 일기장을 펼쳐요
칸마다 꽉 들어찬 물음표들
손을 뻗어 오렌지에 뺨을 대어본다
조금 차갑고 싱싱해서 좋아
톡톡 빈칸들이 팽창할수록
당신을 상상하기 힘드네요
번지는 얼룩
흘러내리는 육체
고이고 고여 둥근 쟁반이 된다
맛! 있어
외치는 소리가 회전한다
떠도는 태양들
움켜잡을 때마다
한 입씩 베어지는 오렌지
둥글고 환한 잠이 떠내려가고
혀에 닿기 전의 이별은
달콤함의 말줄임표
날마다 줄어드는 오렌지의 느낌

손에 잡히지 않는 맛

누군가 쟁반 가득 당신 뺨을 담고 가네요

마주 보는 방

모든 거울은 벽에서 시작된다
벽에서 태어난 시간의 간판들

끊임없이 마주하는 자세로
언제나 너는 나를 외면한다

오른손을 내밀자 벽에서 왼손이 나온다 손바닥을 부딪친
다 소리가 발생하지 않는다 우린 만난 적이 없나 시간은 일
그러진 표정으로 거울 앞에 서있다

소리 없이 매끈한 세계

나는 날마다 나를 의심한다 표면에 닿는 순간 방향이 지
워진다 너의 흰 손이 내 등 뒤에 검게 흘러내릴 때 오늘의 반
복은 이제 미뤄진다 조각조각 파편의 나를 닦으며 너는 투
명해진다 잠시 반짝거리기 위해

발아래 흩어지는
천 개의 방

푸른 밤의 고양이

당신의 귀에서 고양이가 기어 나온다
고양이를 달랜다 울음이 따뜻하다

긴 속눈썹을 쓰다듬는 고양이의 숨소리를 맡아본다
푸른 냄새가 난다

고양이가 나를 바라본다
당신 눈 속에 푸른 눈물이 자라고

고양이를 안은 여자가 지나간다
헤드라이트를 켠 것 같아 골목이 푸른빛으로 물든다

현관에 세워놓은 우산 아래 흥건히 고인 물
비를 맞는 고양이 털끝이 뾰족하다

내게서 푸른 물이 서서히 빠져나간다
깊은 웅덩이에 귀를 넣고 투명한 음표를 건진다

고양이 울음을 닮아가는 골목이 나를 감싸고
푸른 귀를 가진 음표들이 부러진 채 바닥에 쌓인다

커플 A

a가 온다 a'가 온다 회전문을 돌아온다 더 이상 a와 a'가 아니기까지 계절이 두 바퀴 돌고 온다 a는 a'와 동시에 온다 은밀하게 서로 속옷에 숨겨 온다 때로 그녀의 원피스가 되기도 하고 그의 가죽 벨트가 되기도 한다 바람 부는 날 블라우스 단추 사이로 나풀나풀 날리다 언젠가 술에 취해 러브샷을 하기도 한다 a를 완성하는 것은 a'다 머리부터 발끝까지 주물러 모양을 만들고 색을 입힌다 다시 계절이 돌고 돌아 그림자를 갈비뼈에서 뽑아 세탁기에 넣고 돌린다 더 깊어진 표정이 회전한다 알 수 없는 질문들이 거품으로 끓어오른다 온몸이 젖은 a에서 수많은 a'가 걸어 나간다 다시 회전문이 돌아간다

염소 구름

울음이 환히 터지고 있었다

회오리로 사라지는 꽃잎이 날리기도 했지 빛을 통과한 침묵이 보인다 하늘을 한 줌 떠서 마시는 중이야 노을을 삼킨 염소 구름 옆으로 비행운이 지나간다

그때 울었지, 염소는
귀가 점점 부풀어 올랐나?

빗방울이 빛을 뱉어낼 때 잠시 어두워지는 것처럼

그것은 온몸이 번개, 번개였어 빠르게 지나가는 꿈처럼
손바닥에 자라는 오늘 벼랑에서 뛰어내리는 염소들

당신과 나 사이, 빛의 순간을 움켜쥐고

포옹의 자세

눈은 감미로운 구름의 허밍

안아줘, 안아줘

흰 눈으로 시작되는 어두운 문장 안에서

누군가 눈웃음 한 뭉치를 던진다

지금, 구름의 변명은 너무 하얘
눈이 눈사람이 되는 일처럼

안아줄까?
양팔을 벌린 나뭇가지들

모르는 누군가의 당신이 되는 일이에요
내리는 눈들의 마음을 먼 들판은 알까

지나치게 눈의 바깥은 어둡고 눈 속을 헤매는 발자국을
달래기 바빠

그림자들이 밟히고 더러워질까 봐 그랬어

껴안는다
눈은 점점 깊어지고

눈사람이 눈이 되는 일처럼
밤의 체온을 모르는 입술이 허공을 누른다

동그란 입김이 하얗게 떠오르는
우린 따뜻한 눈 속에 살았다

가면들

구겨진 얼굴을 통과하고 있었다
나는 쏟아졌고

환승하는 반쪽은 어디로 갔을까
비밀번호 없는 얼굴이었지

　손잡이마다 목들이 덜컹거리고 누군가 나를 바라봐 *또 다른 얼굴이네요* 지는 해가 하이힐을 신고 열렸다 닫히는 한강을 건너고 있었지

　난 손바닥에 가슴에 얼굴을 묻히는 중이야 때론 흩어지며 정거장이 어깨를 툭 *어디 가세요* 에코를 울리며 내 앞을 스쳐 갔어 출구가 입구가 되는

　얼굴 밖으로 걸어 나가는 사람들

　빈 테두리만 남아
흐리지도 요란하지도 않은

　(하나를 벗으면 또 하나)
가장 먼 표정을 쓰고

어느 공원 이야기

안으로 들어오지 말라는 표지판은 개들이 씹어놔서 향기롭다

나뭇가지는 부푼 빵이고 도시락이야 잔디는 늘 아프지 돗자리엔 비밀이 쌓이고 사람들은 언제나 목이 말라 개미 떼가 자꾸 기어 올라와 풍경의 갈라진 틈으로 웃음소리가 모여들고

어쩌다 만난 안내원은 마스크에 X 자를 보여 주며 지나가 허공의 가장자리가 주름투성이 질문으로 가득할 때 어디선가 풀 냄새가 나 벤치에 앉은 젊은 여자는 기억을 벌려 한 남자를 빼고 있는 중이야 아이스크림이 손등으로 흘러내려 놓친 종소리는 끝내 돌아오지 않는데

기울어지며 사라지는 공원이 있다

태풍 예보

한 남자의 방향이 바뀌었다

고기압과 저기압이 부딪혀 소문이 시작된다

처음 보는 날씨의 꼬리는 잊었던 장면을 떠밀고 높은 기억의 담을 뛰어넘었다

수심 깊은 진실이 솟구친다

심리 상태는 늘 바뀌는 거라고 진로 예측은 이미 늦었다고

여자의 뿌리 없는 표정이 날아오르고 금이 간 근원지의 내부가 뒤집어진다

막다른 골목에서 머리와 꼬리가 훼손된 회오리가 돌고 있다

연일 거리에 떠내려가는 젖은 알리바이들

천 개의 어둠이 바닥에서 잠든 손을 내민다

우린 다시 태어나기 위해

무서운 풍속으로 날아가는 중이다

양을 세는 꿈

양들이 건너온다

양들은 희거나 더 희거나 투명하지
무심한 귀를 지나 안개를 지나

부드러운 털을 만지며 당신은 양 머리를 하고 양 같은
표정이다 좁은 내 꿈의 폭을 구불구불 넓힌다 '양들이 서
로 부딪쳐'

양 한 마리가 열 마리로 불어난다
난간에 간신히 매달린 양

불가마 안에서도
눈을 감고 양을 세는 사람들
넘어진 양들의 발자국은 해독되지 않고

울음은 어떤 모양의 은유일까
울고 있는 양들, 흐르는 울음은 셀 수 없다

온통 쌓여 가는 바닥들, 벽들, 닫힌 문들

당신이 빌려 간 양들은 돌아오지 않는데
가끔 엇갈리는 어둠을 수건으로 닦으며

당신의 눈동자에서 양을 본다 '불안을 쓸어 담는 창이야'
매일 밤 양 한 마리로 시작하는 진실은 있는 걸까

멀어서 혼잣말로 가득한 저 꿈 밖으로
양 한 마리가 달려 나간다

하얗게 보풀이 일어나는 이야기
우리가 뱉어낸

미지 교향악 혹은 세계의 사분면

조강석(문학평론가)

1. 사랑시와 세계의 사분면

좋은 사랑시가 하는 일은 무엇일까? 우리는 한국 현대시사에 등재된 좋은 사랑시들을 이미 몇쯤 알고 있다. 소월의 것이나 만해의 것, 그리고 김수영의 것이나 이성복의 것을 막론하고 '님'이나 '당신'을 부르는 발성법과 태도는 한국어가 통용되는 마당으로서의 감성의 틀을 직조하고 타자와의 관계에 대한 방법적 성찰을 가능하게 한다. '나'를 가장 멀리 '헤내는' 것이 바로 '님'이나 '당신'이 아니고 누구일 수 있겠는가? 따라서 '당신'을 부른다는 것은 첫째는, '나'의 사방 경계 거리를 확인하는 것이며 다음으로는 신비 혹은 어둠으로의 발돋움에 주문을 거는 것이고 나아가서는 세계를 안성맞춤으로 짜보는 일이다. 조금 더 정확히 말하자면 세계를 내 안으로 들이는 길을 내 쪽에서 먼저 내어보는 일이라고 할 수도 있겠다. 부연할 필요가 없이 적확한 다음과 같은 말은 '당신'을 부르는 일이 무엇을 의미하는지 참으로 요령 있게 설명하고 있다.

이 세상에서 남녀 간의 사랑이야말로 가장 단순하고 가장 포괄적인 삶의 원리가 아닐까 하는 생각이 든다. 그런 의미에서 연애시는 삶의 비밀을 밝히려는 모든 시의 원형이라고 할 수 있다. 남녀 간의 사랑 속에 숨어있는 원리들을 밝힌다는 것은 곧 삶과 죽음, 정신과 물질, 이 세상과 저 세상의 관계를 밝히는 일이 될 것이다.

이성복의 「연애시와 삶의 비밀」이라는 글의 한 대목이다. 사랑시가 삶의 비밀을 밝히려는 모든 시의 원형이라고 할수 있는 까닭은 그것이 신비 혹은 미지와 어둠 속으로 손을 내미는 것이기 때문이다. 흔한 오해와 달리 '사랑한다'는 말과 가장 거리가 먼 것은 '이해한다'이다. 이와 관련하여 철학자 레비나스는 사랑이란 신비와의 관계, 곧 미래와의 관계라고 참으로 요령 있게 말한 바 있다. 사랑은 항상 구체적인 관계를 통해서 매번 바로 그 순간에만 새롭게 태어나기 때문이다. "당신의 현존 없이는 아무것도 없을 것이다"라고 파블로 네루다가 참으로 적절하게 말한 것처럼, 우리는 '당신'을 현존하게 함으로써 구체적 관계를 통해, 바로 그 구체적 관계 속에서만 빼꼼 얼굴을 드러내는 세계의 분면들을 탐색해 볼 수 있다. 당신이라는 미지 속으로의 모험은 관계 속에서 구체적으로만 현상하는 세계에 대한 모험 이외의 다른 것일 수 없다.

여기 '당신'을 부르는 태도에 또 하나의 발성법을 추가한다. 김미정의 시집 『물고기 신발』은 틀림없이 '당신'을 부르는 시집이다. 이는 곧 신비와 미지를 부르는 것이며 세계를 부르는 것이다. 이 시집에서 '당신'은 이미 '잃어진' 대상이지만, 부르는 이로 하여금 세계의 사분면을 탐색해 보게 한다.

2. 당신과 나 사이 아득한 빗소리, 세계는 요지부동

검은 뿌리가 엉켜있는
숲으로 갈래요
당신이 사라진 숲으로요

누군가 나를 밟고 건너가요
움푹 들어간 자리마다 고여 드는 울음들

그 안으로 뻗어가는 당신의 목소리
숲으로 갈래요
당신이 비처럼 녹아내리는 숲으로요

난 두 손을 맞잡고 두리번거려요

어찌할 줄 몰라서 그런 건 아니에요

여기가 숲의 시작인가요

세상의 잃어버린 길들이 구불거리며 모여드는

숲으로 가요

망각의 나이테 두른

굵어만 가는 지상의 기둥들

처음과 끝을 가리키는 벌어진 나뭇가지와

눈 감고 뛰어내리는 끝없이 이어진 발자국들

다시 되돌아 나갈 수 없는

영영 숲으로 갈래요

—「숲으로」 전문

  이 시집에서 당신은 이미 '사후事後'에 속한 존재다. 따라서 우선적으로 세계는 절정의 뒤안길에 펼쳐진 미로다. 아마도 이를 가장 극적으로 표현하는 구절은 "당신과 나 사이 아득한 빗소리"(「비의 법칙」)일 것이다. 저 아득함은 '사후'의 것이다. 그리고 그것은 세계의 지도를 상실한 자의 것이다. 신비가 미지 속으로 귀환한 후의 길 위에 어찌 이정표가 있을 수 있겠는가. '당신'은 구체적인 접촉을 통해서 바로 그 접촉 부면에서만 현상하는 세계 지도의 편린을 도로 휘말아 어둠 속으로 귀환했다. 따라서 저 아득함은 기지와 미지 사이의 아득함이다. 미지가 보내는 기약 없는 전별이 바로 '사후'의 빗소리다.

인용된 「숲으로」에서도 이런 면모는 여실히 드러난다. "당신이 사라진 숲"이 "검은 뿌리가 엉켜있는/ 숲"이라는 사실에 대해서는 부연이 필요하지 않을 것이다. 중요한 것은 '나'가 바로 그 미지를 여전히 열망하고 있다는 것이다. 이때 세계는 '나'를 밟고 건너는 구체적 물질이자 그 무게이다. 모든 이별은 질량을 남기는 법이다. 우리의 관심을 끄는 것은 세계가 밟고 지나간 자리에 고이는 울음과 미지의 숲이 포개어지는 지점인데 흥미로운 것은 바로 여기에서 "그 안으로 뻗어가는 당신의 목소리"가 울린다는 것이다. 태어날 때의 미지가 아니라 귀환의 공간으로서의 미지는 '당신'에 의해 한 번 개시된 발신을 멈추지 않는다. 따라서 "여기가 숲의 시작인가요"는 질문이 아니라 질문 형식으로 주어진 소망이다. 바로 그렇기 때문에 5연의 이미지들은 극적인 대비를 이룬다. "세상의 잃어버린 길들이 구불거리며 모여드는/ 숲"과 "망각의 나이테 두른/ 굵어만 가는 지상의 기둥들"이라는 이미지는 '당신'을 잃은 '나'와 무연해 보이는 세계에 거주하는 이의 불안과 소망이 뒤섞인 양가적 표정을 환기시킨다. '당신'을 잃은 사람은 누구나 바로 이 양가성에 갇힌다. 이 숲이 "다시 되돌아 나갈 수 없는" 숲인 까닭은 이 시적 주체가 불안과 소망의 양가성에 붙들린 주체이기 때문이다. 그리고 바로 그 불안과 소망의 축에 의해 세계는 사분면을 품는다. 여기 미지의 분면에서 세계는 요지부동이다.

3. 얼굴 밖으로 걸어 나가는 사람들, 세계는 무명무실

구겨진 얼굴을 통과하고 있었다
나는 쏟아졌고

환승하는 반쪽은 어디로 갔을까
비밀번호 없는 얼굴이었지

손잡이마다 목들이 덜컹거리고 누군가 나를 바라봐 또
다른 얼굴이네요 지는 해가 하이힐을 신고 열렸다 닫히는
한강을 건너고 있었지

난 손바닥에 가슴에 얼굴을 묻히는 중이야 때론 흩어지
며 정거장이 어깨를 툭 어디 가세요 에코를 울리며 내 앞을
스쳐 갔어 출구가 입구가 되는

얼굴 밖으로 걸어 나가는 사람들

빈 테두리만 남아
흐리지도 요란하지도 않은

(하나를 벗으면 또 하나)

가장 먼 표정을 쓰고

—「가면들」 전문

"굵어만 가는 지상의 기둥들"(「숲으로」)의 경계 너머의 사분면에 타자의 가면들이 있다. 그러니까 위에 인용된 시 「가면들」은 「숲으로」를 통해 드러나는 '나'와 '당신'의 관계가 숲과는 반대되는 벡터 위에 투사하는 세계의 표정이다. 말하자면 미지의 반대 벡터에 놓이는 세계의 자취라고도 할 수 있겠는데, 거기엔 또 다른 미지가 자리 잡는다. 익숙한 세계가 '당신'의 미지로의 귀환과 더불어 가면 뒤로 숨는다. 이것이 반작용으로 상응하는 두 벡터의 동일한 운동임은 두말할 필요가 없을 것이다. "구겨진 얼굴" "비밀번호 없는 얼굴"은 익명의 것일 터, '당신'의 귀환과 더불어 세계는 익명 속으로 잠복한다. "손잡이마다 목들이 덜컹거리고" "손바닥에 가슴에 얼굴을 묻히는 중" "얼굴 밖으로 걸어 나가는 사람들"과 같은 이미지는 이를 찰나적으로 표현한다. 아마도 이런 것들이 바로 이미지 사유의 예일 것인데, 세계의 이쪽 분면의 양상을 가장 서늘하게 드러내는 것은 "얼굴 밖으로 걸어 나가는 사람들"과 "(하나를 벗으면 또 하나)/ 가장 먼 표정을 쓰고" 오가는 사람들이라는 이미지의 대비(contrast)일 것이다. '당신'으로 인하여 세계는 무명무실하다.

4. 나는 언제부터 너였을까, 세계는 웅성거린다.

어느 다정함이 더 어울릴까
너에게 닿을 수 있기를
허공을 빛으로 채우는 새들의 날갯짓

내 거울 속 출렁이는 날개는
너무 낡아버렸어

나는 언제부터 너였을까
눈물 섞인 너의 눈망울이 검고 푸르다
앞에서 보면 너는 어여쁘지

벽을 타고 넘어오는 독백들
옆방 사람들은 수수한 꽃을 들고
소소한 이야기를 나누지
천장이 높아서 좋다고
우린 망설인다 커튼을 닫을까

깊은 곳은 늘 환하다 너의 뒷모습처럼
컵에 물을 따르고 날아가는 새들을 바라본다

창을 닫아줘 어디로 같이 날아가 버릴까
옆에 나란히 턱을 받치고 앉아

손을 흔들어보는 그림자들

깊어지는지 모르게 깊어지는 순간이 있어
컵에 물이 채워지기까지

오늘의 서사를 물고 날아가는 새들에게
거울은 늘 투명하게 흘러간다
                                    ―「새가 있는 거울」 전문

　불안과 소망의 양가적 분면에서 세계는 요지부동이며 무
명무실하다. 그런데 미지와 익명의 불안이 소망과 양가성
을 유지하기 위해서는 심리적 도움닫기가 필요하다. 그리
고 그 비밀은 인용된 시에 제시되어 있다. 그렇지만 인용된
시를 읽기 전에 우선 다음과 같은 시에 나타난 질문의 형식
을 눈여겨볼 필요가 있다.

　긴 끈으로 이어진 정원이에요

　되돌아오지 않는 말들, 얼음을 뚫고 자라는

　당신은 나뭇잎을 가위로 떼어내고 있어요 눈동자 시들
은 정원입니다 출렁이는 노래들이 잘려 나가요 새로 돋는
안쪽의 물방울이 무사할까요?

고드름이 되거나 안갯속으로 숨어드는 뿌리들, 어린 발
목을 이내 삼켜버리는

나를 밟고 지나가요 누군가, 은빛 구두로 정원의 뒷모습
을 눌러봅니다 불 꺼진 창들이 나란한, 푸른 표정의 페이지

벗겨지지 않는 어둠이네요 다시 꽃은, 꽃이 피어날까요?
잠든 묘지처럼 피지 않는 엔딩입니다

　　　　　　　　　　　　　　　　　　—「액체 정원」 전문

　"되돌아오지 않는 말들"이 미지의 축에 걸려 있다면 "새
로 돋는 안쪽의 물방울이 무사할까요?"와 같은 질문의 형식
은 소망의 축에 걸려 있다. "나를 밟고 지나가요 누군가"와
같은 표현이 앞서 살펴본 「숲으로」에서도 사용되었음을 기
억해 보자. 이는, '당신'이 미지의 세계로 귀환한 뒤에 느껴
지는 세계의 무게와 무심함을 드러내는 용례였다. 여기서
도 상황과 조건은 동일하다. 그러나 이 분면에서는 사실 수
리 대신 질문이 소생한다. "잠든 묘지처럼 피지 않는 엔딩"
은 어둠과 미지를 최종 승인하는 언사가 아니라 다음과 질
문을 거듭 되새기게 하는 것으로 기능한다; "벗겨지지 않는
어둠이네요 다시 꽃은, 꽃이 피어날까요?"
　이 질문에 대한 답을 찾기 위한 천로역정은 앞서 인용한
「새가 있는 거울」에서의 또 다른 질문 즉, "나는 언제부터
너였을까"에서부터 개시되어야 한다. 나는 이미 미지의 편

린이며 '당신'은 이미 기지의 일부이기 때문이다. 시의 전반부를 지배하는, "허공을 빛으로 채우는 새들의 날갯짓"이라는 이미지에 이미 이 사태의 전말이 들어있다. "너에게 닿을 수 있기를" 소망하는 것이 절실하게 느껴지는 까닭은 그것이 바로 이런 드라마를 전제로 하고 있기 때문이다. "깊어지는지 모르게 깊어지는 순간"이란 미지와 기지, 당신과 나, 그리고 소망과 불안이 좌충우돌하는 대신 이를 계기로 세계가 웅성거리기 시작하는 순간이다. 세계는 웅성거린다.

5. 타인만이 우리를 구원한다, 세계는 고요하다.

타인만이 우리를 구원한다
내 눈빛은 그동안 너무 많은 질문으로 탕진되었다

아름다운 그늘은 하늘에만 무성하고
질문과 대답이 같은 날들이 국 속에 끓고 있다
북두칠성이 퍼 올린 건 사방을 가리키는 불가사리뿐
국자에 덴 손가락은 왜 열 개의 화살표를 내미나

타인의 옷에 숨겨진 나신만 자꾸 생각나는 밤
구원을 기다리기에는 어둠이 너무 눈부시다

이미 죽은, 사라지고 없는 별들과

그들을 닮아가는 몸짓과

그것을 바라보는 타인과

절뚝거리며 발걸음을 맞추며 간다

별들이 무대에 모여 모의를 한다

국자 속에 들어가기 위해 줄을 잘 서야 한다거나

눈먼 별이 더 빛난다는 소문들

별을 따라가기에는

난 너무 타인의 눈동자를 바라보지 않았다

쓸쓸하지만 어쩌면 같은 마음이 되려는

우주만 한 고요를 배후로

때론 처참해질 것이다

별이었을까

별이라 불리는 것들에 대해

더 이상 말하지 않는 검은 모래처럼

눈 감은 별들을 등 뒤로 넘긴다

무대 위 그들을 위하여

—「검은 별의 밤」 전문

　당신이 미지로 귀환한 사건을 기화로 돌아앉았던 세계
가 다시 '내' 쪽으로 고개를 돌려 웅성거리기 시작한다. 보
라, 이 시의 발화 주체는 이미 "내 눈빛은 그동안 너무 많은
질문으로 탕진되었다"고 말하고 있지 않은가? 각기 알레그

로, 모데라토, 스타카토, 아다지오라는 부제가 붙은 4부로 구성된 이 시집의 '미지 교향악'은 위에 인용된, 이 시집에 실린 가장 아름다운 시라고 할 만한 「검은 별의 밤」에서 구성상의 피날레에 이른다. 그 결과로 드러나는 것은 한숨과 열망으로 들끓는 이 교향악의 메인 동기가 실은 "타인만이 우리를 구원한다"는 것이라는 사실이다. 이 시는 세 개의 주름과 하나의 누빔점을 지니고 있다. 주름들은 각기 일상적인 것과 아스라한 것, 어둠과 빛, 쇠락과 구원 사이에 파인 것이다. 그리고 교향악의 기저인 저 메인 동기는 이 주름들의 누빔점이 된다. 부연과 패러프레이즈가 이 시의 이미지 사유가 지닌 서늘함과 아름다움을 일산할 것을 염려하는 까닭에, 이미지의 연쇄를 통해 전경화되는 저 메인 동기, 즉, 아담 자가예프스키에 의해 개시되고 이 시집에서 교향악적 드라마를 통해 구체화된 저, "타인만이 우리를 구원한다"는 동기가 '당신'이 끝내 미지로 귀환하고 만 사태로부터 비롯된 것임을 상기시키는 것으로 공연의 감상을 마감할까 한다. 세계는 다시 고요하다.